JN106161

息子、…そして息子

成井歌子

文芸社

目次

息子、…そして息子

神からの預かり物

息子は一九七三年七月十八日、午後三時四十五分、三〇五〇グラムでこの世に誕生した。普通は子供を授かったという。しかし私は授かったとは思わなかった。神から人間という小さな生命体を預かったと感じた。私がいう神とはキリストやマホメットや仏陀のことではない。人智ではとうてい及びもつかない不思議な力の存在を、私は神だと解釈している。その時からである、この預かり物を大切に大切に育てなければと思ったのは。

子供は親の所有物ではない。生まれ落ちた時から、一個人としての人権と尊厳とを有している。そのことをしっかりと胸にきざんで息子を見つめた。この子はこんなに小さいのに、もうひとつの人格を持っている。

そしてふつふつと心の底から「慈愛」という情愛が湧き上がってきた。子供とは何て愛おしい、何と愛おしい存在なのだろう。こういう感情は今まで一度も感じたことがない。この子がひとり立ちするまで、何があっても守り育てなければならないと思った。たとえ我が身に替えてでも……。

そういう胸の覚悟もあって、決して息子をひとり置いて買い物に出ることはなかった。買い物には必ずおぶって出、命を奪われる時は親子諸共だと考えていた。

息子が二歳くらいになった頃、おもちゃは「レゴブロック」を与えた。赤、白、黒、黄、青などの色は、色彩感覚を豊かにするだろうし、小さなパーツを組み合わせることによって創造力も培われるに違いない。私は夫に、一人遊びをしている時は決して構わないように伝えた。ただ静かにそばで見守るようにと。

しかしどんなに夢中になって一人遊びをしていても、子どもは必ず飽きてくるし、母親に甘えたくなる。どういうわけか、私が夕食の準備を始める頃になると、

「タータン、タータン」

と、足にまとわりついてくる。すると私は料理づくりをやめて、しばらく息子を抱いている。数分経つと、息子は気が済んだのか私から離れてまた一人遊びをした。

ある日、料理づくりをやめて息子を抱いている時があった。夫が帰って来て、

「どうしたの？　夕食はまだ作っていないの？」

と言った。

「ええ、今この子は私を必要としているの」

と言うと、
「あっ、そう……」
と夫は言った。

私は杉並区の中央線「荻窪」に住んでいた。そこで茶の湯の専門道場を主宰し、その授業の一環として懐石料理教室も行っていた。月に一度、京都から一流の花形板前を招いての教室だった。

その教室が始まった頃、息子の頭はテーブルの高さすれすれくらいで、幼稚園に入ったばかりであったろうか。息子はそんな小さい頃から一流の味を口にして大きくなった。子供にも美味しいものは美味しいと分かったのであろう。

息子は春の頃から出まわるホタルイカの旨煮を殊の外喜んだ。しかしあれは手間がかかる。小さなホタルイカの両目と口と軟骨を取るのには時間がかかった。私は考えた、これを息子に仕込んではどうか。小学三年の時だった。

「ねぇ、ホタルイカの旨煮を作りたいんだけど、お母さんはとても忙しくて、目や口や骨を取ってられないのよ。教えるから取ってくれない?」

「いいよ」

と言って、息子は椅子に腰かけて教えられたとおりに取った。ホタルイカが食べたいばっかりに、小さな指は一生懸命にそれらを取った。その後夕食に、ホタルイカの旨煮が出たのは言うまでもない。

それから少しずつ、息子の好きな料理の手ほどきを始めた。決して無理をせず、むしろ教えるのが面倒な時もあったが、息子がひとりでも生きていけるようにとの思いである。

成人してからの息子は、何か自分の都合がある時には、昼前にさっさと何かを作って食して出掛けていた。

ある日、何を作って食べているのだろうと思い、

「今日は何を作っているの？　お母さんにも食べさせてくれない？」

と言った。息子は、

「いいよ」

と言い、私は箸置きとお箸をセットしてカウンターに座った。

息子は手際よくそうめんを茹で、つゆの入った小深い器を私の前に置き、水洗いしたそうめんを水切りして大皿に山盛りにしてどんと置いた。

「出来ました、さあどうぞ！」

「はい、頂きます……」

と言って、内心、えっ!!　おそうめんだけ？　と思ったが、もう息子はそうめんをバッとつゆの器に入れてバンバン食べている。

私もつゆの器にそうめんを入れて食べるとなんとこれが美味しい。つゆには練りゴマが入っていてつゆの味も実に美味しい。

「どういうふうにして作ったの？」

「家で使っているだしの素を沸騰した湯に入れて淡口しょう油と練りゴマだけだよ」

「そう……いい味ね……」

と言いつつ、そうめんだけだと栄養のバランスが悪いなあと思っていたが、練りゴマは最高の栄養食品であるから、これだと大丈夫だ。いつの間にこんなことを覚えたのだろう？

又ある日、息子はキッチンで何かを作り始めた。

「お母さんにも作ってくれる？」

「ああ、いいよ」

それはスパゲッティーだった。ほうれん草とベーコンの塩・コショウ風味だった。これが又美味しかった。息子の舌は完全に出来上がっている。

以前、懐石の花板に聞いた話である。

「料理人になるには中学出やないとあきまへんねん。高校を出たらもうあきまへんな」

生徒が聞いた。

「先生、じゃ大学を出たらもっと駄目ですか？」

「もっとあきまへんな」

「どうしてですか？」

「料理人の舌は、計量器ですわ。ちょっとなめてみて、何が足らんとすぐ分からなあきまへんねん。その鋭い味を感知する能力は、年がいくほど低下しまっさかい、高校へ行ったらもう間に合いまへんねん」

「じゃ、子供の頃の方がいいのですか？」

「子供の頃に味が分かってたら、そら一番よろしおすな」

進学塾に入る

茶道教室は大盛況を呈し、分刻みのスケジュールは息子の宿題や勉強を見てやる暇もなかった。こんなことでは大変なことになる。なんとかしなければと考え、小学四年生になった頃、塾に行かせた。何も中学受験をさせようと思ったのではなく、日頃の勉強が出来ているかを見てもらいたかったのである。

塾に行って聞いた。

「こちらは進学塾ですか？」

「そうです、慶應でも青山でも進学できるように指導しております」

「実は息子には中学受験を希望していないのです。私が忙しくて、息子の勉強を見てやれないものですから、こちらの先生の目からみて、四教科が平均値より下がらないようにご指導して頂きたいのですが、いかがでしょうか？」

「いいですよ、そういうようにも指導いたします」

「宿題の面倒も見ていただけますでしょうか？」

「大丈夫です」

それからの息子は算数、国語、社会、理科の四科目の勉強をみてもらった。息子は週に三回塾に通っていた。

息子が塾に通っているという噂はすぐに広まっていたようだった。買い物に出た時、息子の幼稚園のママ友にバッタリ会った。

「まあしばらく、お元気？」

と私は言った。彼女は、

「お茶しない？」

「ええ、いいわよ」

二人は近くの喫茶店に入った。コーヒーを注文して彼女はすぐ口を開いた。

「お宅の息子さん、進学塾に行っているんだって？　どこの学校を目指しているの？」

「いいえ、そうじゃないのよ。私が忙しくて勉強をみてやれないでしょう？　だから、塾の先生に勉強をみてもらえるようにいかせているだけで、別に受験を考えているわけじゃないの」

「それじゃもったいないじゃない？　まあ、ここは天沼中学、西高、東大・京大っていう進学コースがあるから、しっかり勉強させるといいわね」

「でもね、私、一流大学へ進学させたいなんて思っていないの」

「どうして？」

　私は話し始めた。

「ひとりの少年がいてね、彼は『絶対音感』という才能を持っていたの」

「その『絶対音感』ってどんな才能？」

「音階を絶対に外さなく聞きとれるという能力よ」

「それで？」

「しかも、その少年の能力は小鳥のさえずりを正確に聞きとれるというめずらしい才能だったの」

「そして？」

「その少年の家族は東大家族って言って、祖父が東大、父親も叔父も東大でね。家族は少年が東大へ行くことを強いたの。彼は東大に入ったんだけど、天才になり得たかもしれない『絶対音感』という能力は喪失してしまったの。こういう才能は音楽家でさえ誰でも持っているものでなく、天才しか持っていないのよ。モーツアルトは持っていたといわれているけれどね。愚かな大人達が、見栄や虚栄のためにひとりの少年の天分を奪い去ってしまったのよ。でも世の中には周りに愚かな大人がいなかったばかりに、天は人に二物を与えずというのに、三物も与えられた人もいるわ」

「それ誰?」

「『北大路魯山人』よ、貴女知ってる?」

「知らないわ、その人どんな人?」

「明治、大正、昭和を生きた人だけど、一物は篆刻(てんこく)の才」

「篆刻って、どういうもの?」

「ほら、木の看板なんか彫ってあるのがあるでしょ? まあ、木彫りのことよ」

「それで?」

「二物は料理の才、三物は陶芸の才よ」


彼は生み落とされてすぐ、おくるみに包まれたまま京都下鴨神社の社家の門前に捨てられていた。

家人はすぐ赤児を育てたものの、その社家も貧しく六歳くらいの時、京都市中の篆刻を生業（なりわい）とする子供のいない夫婦の養子に出された。

その子供は忙しい養父母のために食事を作り、篆刻も手伝ううちに養父に教わり、その技術を習得した。

成人すると篆刻家として名を成し、東京に出た。彼はなぜ母親が自分を捨てたのか、そのことが知りたくて、あらゆる手を尽くしてやっと東京の大きな屋敷の女中頭をしているという母親を訪ねた。

しかし母親は息子と名乗る男が何かを無心にやってきたと思い、早々に彼を追い返した。彼はその後、母親には会っていない。

それからの魯山人は、子供の頃、養父母にただ喜ばれたいばかりに一生懸命料理を作り、それにより培われた才でもって、大正四年に星岡茶寮という、政財界の交歓美食道場を創設し、東都を風靡した。また自分の料理が最も美しく映える器を創作し、自分の持つ全ての感性を開花させたのが、陶芸の才である。

「だから私は、息子を自分の思うとおりに育てようと思っていないの」

「じゃ貴女は、子供を好きなようにさせているの？」

「させているわよ、息子の望むままにと思っているわ」

「でもそれって、放任主義じゃない？」

「そんなことないわ、道を外さないようにみているもの」

「そう……」

そのママ友とは家の近くで別れた。彼女の息子がその後、私立の中学校に通っていると聞いたが、息子達もつきあっていないようで、すっかり疎遠になっていた。

宝石

小学五、六年の頃だったろうか。息子は「江ノ島」に遠足に行った。そして私におみやげを買ってきた。それは貝殻で作った首飾りであった。

タカラガイ科の貝殻が、プラスチックの赤、朱、ピンク、黄、緑、青、紫などの玉で交互につながれていて、簡単に首にかけられる長さになっていた。

私は一度もその首飾りを首にかけたことはなかったが、息子が持参しても良いといわれたわずかなお小遣いの中で、私に首飾りを買ってきたことに感動した。

私が旅立ったあと、鏡台の上に置かれた宝石箱を開け、ダイヤやルビーや真珠の宝石の中に、薄紙で包まれたこの首飾りを息子はみつけるであろう。その薄紙には、「遠足に行った息子のおみやげ」と書いてある。

息子はもうすっかり忘れているかもしれないし、そして何も思い出せないかもしれない。しかし、息子は子どもの頃、私におみやげを買ってきたのだと知る。私にとっての「宝石」とは、お金では買えない息子のやさしい思いである。

中学受験

塾に通いだしてから一年ほど経った頃のことであったか、

「僕、もう塾に行かない！」

と息子が言った。

「どうして？」

「塾の先生、怒るから怖いんだ！」

「どうして怒られたの？」

「僕が怒られたわけじゃないけど、他の生徒を怒鳴って怒るんだ！　僕、もう怖くて行くのいやだよー」

私はすぐ塾に行って聞いた。

「先生、どうして生徒に怒鳴ったり、怒ったりするのですか？」

「いいえ、お宅のお子さんには怒ったりしません。勉強もよく出来ますし、行儀もよく、言ったことも守りますから……」

「いいえ、先生が他の生徒さんを怒ることを、うちの息子は怖がっているのです。先生、生徒を怒らずに指導することは出来ないのですか？」

「すみません、これからは怒らずに指導するようにいたします。大変申し訳ございませんでした……」

「先生、私は息子が生まれてから今まで一度も叱ったり、怒ったりしたことはありません。怒ったりするより、相手が分かるように丁寧に説明をすればいいのではありませんか？」

「はい、分かりました。これからそのように指導いたします……」

塾から帰ってくると、私は息子に言った。

「先生は、もう怒らないと言っていたから大丈夫だよ。お前は勉強もよく出来るから、他の生徒の模範だって！」

「うん、明日からまた行くよ」


六年生になって、秋も過ぎた頃のことである。

「僕ねぇー、僕も中学受験したいんだ」

「えっ？　中学校は義務教育だから、無理に受験なんかしなくてもいいんだよ」

「まわりのみんなが受験するために勉強しているんだ、僕もみんなみたいに目標を持って勉強がしたいんだ！」

「そうねぇー」

と言いながら私は考えた。息子が自分の意志で勉強に励むことはいいことだ。

「いいわよ、でもお母さんは受験して欲しいと思っていないんだから、嫌になったらいつでも止めてね」

「うん分かった。受験生になったら、お夜食にケーキと紅茶が出るんだって、僕にも用意してくれる？」

「もちろんいいわよ、自分の思ったとおりにしなさいね」

「わぁーい、僕は受験生だ！　嬉しいな！」

と言って、息子は喜んで飛びはねていた。

まあ、それからの息子は生き生きとしていた。約束通り、夜食はケーキと紅茶を出す。

受験のテキストは塾から用意されているらしく、夜遅くまで勉強をしていた。

ある日、朝起きてリビングに行くと、息子がランドセルをしょって勉強していた。

「どうしたの？」

「宿題を忘れてたんだ、もうすぐ終わるよ」

私は思った、親より息子の方が真剣に取り組んでいるんだなぁ。

「受験は落ちても大丈夫よ、ここの中学校に行けばいいんだからね、無理しないでね」

塾の先生には、決して無理な学校に受験させないでほしいと言っておいた。息子の能力に合った学校を選んでもらった。

歩いて五分ほどの「日本大学二高中学校」と吉祥寺の「法政大学中学校」である。できれば「日大」の方がよかった。どんな災害があっても、五分ほどなら、なんとかかけつけられるだろうと思った。都合のよいことに、「法政」は落ちて、「日大」に受かった。息子は喜々として通い、部活は柔道部に入った。

息子は五歳ぐらいの時、黒帯の父親に柔道の手ほどきを受けたことはあったが、その後は柔道をしていなかった。

夫は息子が中学に進み柔道部に入ったと知るや、さっさと仕事を切り上げて夕方から始まる道場に通い、息子に稽古をつけはじめた。

ある日、学校から帰って来た息子は、おやつのおせんべいをほおばりながら言った。

「今日、すごかったんだ！　オリンピックメダリストの田辺陽子さんが道場に来たんだよ！」

「なんで田辺さんが、日大二高の道場なんかに来たの？」

「田辺さんは日大の先輩なんだ！　後輩の僕達の指導のために来たんだよ」

「じゃ、田辺さんと組んだの？」

「うん、女とは思えないほど、すっごく強いんだ！」

「で、やられたの？」

「うん……」

私は可笑しかった。これは快挙だ！　息子は女に負けてさぞ悔しかっただろう。でもそれでいい、男でも武力にかなわない女が世の中にいることを知るがいい。知力でも女に負けて欲しい、言説で論破されるがいい。さすれば息子は、世の中にはバカな女もいるだろうがバカな男もいることを知る。賢い男もいるし、賢い女もいる。人には性差別などないのである。

「日大」は、中・高・大の一貫校である。そのますんなり高校に進んだ。ある時、担任の先生に言われた。

「お宅の息子さんは、勉強もスポーツもよく出来て申し分ないと思いますが、五科目の中で数学だけが学年の十番以内に入っていません。他の科目が十番以内に入っていますから、大変もったいないと思いますが……。息子さんに数学も学年で十番以内に入れるように話をされたらいかがですか？」

そう言われたからといって、息子に頑張って勉強しなさいというのは嫌だった。学校に行き始めてから、勉強しなさいなどと一度も言ったことがない。塾に通わせたのは、学力が平均値より下がるのを懸念してのことであった。

どうしたものかと考えて息子にこう言った。

「今日、学校で担任の先生に言われたの。五科目の中で、数学だけが学年で十番以内に入っていないんだって。『五教科が全部十番以内に入れば理想的ですね』って言われたけど、どう思う？　やってみる？　もし、数学も学年で十番以内に入ったら、お母さん、ボーナスを出すわよ！」

「えっ？　本当？　じゃやるよ！」

それから次の試験では、五教科が全部学年で十番以内となった。息子は自分に自信を得たようだった。

ある日、担任の先生が生徒を前にして言った。

「みんなも○○君のように、文武両道に優秀な成績を収めてもらいたい！」

しかし私は息子からこの話を聞いてあることを危惧していた。息子が思い上がるのではないかと思ったのである。思い上がった人間ほど、始末に悪いものはない。そして危惧していたことは次々と起こった。

息子は東京都のあちらこちらで催される柔道大会の高校の部で、次々に優勝をかっさらってきた。

なにげなく息子の部屋に入った時、トロフィーが何本も飾られ、机の上には賞状が山積みされていた。息子は実に楽しかったに違いない。人は十代に入ると、「自分はなぜ生きているのか」や「何のために生きているのか」と悩み、あげくの果て自死をも考えるようになるという。同世代だというのに、息子は歓喜にわき、面白く、楽しく、思うがままの青春を謳歌していた。

夫は法政中学時代、柔道部に入部し、かなり高度な柔道の技を身につけたらしい。そのまま高校に進み、大学では柔道部には入らなかったが、講道館に所属して柔道を楽しんでいた。夫はいつもニコニコしていて、人あたりもよく、ルックスも少々イケメンであったから講道館の教官達に可愛がられた。その中で宮内庁の教官から特別な秘技を伝授されたらしい。

夫の得意技は足払いで、講道館の試合で巨体の柔道家を一瞬に宙に舞い上がらせ、周りを驚嘆させた。

その秘技を伝授された息子は向かうところ敵なしの柔道をやり、力もついてきて背負い投げも特技となり、「背負いの鬼」という異名までついた。その息子に夫は一本背負いで投げられ、以後親子は組まなくなったそうだ。

息子は私に柔道大会に見にくることを望んでいたが、私は決して行かなかった。母親の私が喜んでいるのを見て、息子が柔道に一生をかけようなどと思ってもらっては困る。もう少し、精神が鍛えられてから、「生きるとは何か、人は何のために生きているのか、自分はどう生きるのか」ということに四つに組んでほしかった。

しかし、講道館の大会には夫は必ず見に行っていて、道場の片隅で胡坐(あぐら)を組んで座し、息子が勝つとニヤリとしていたようだ。

夫も柔道は楽しむもので、勝負を旨とするものではないと常々言っていたから、息子も徐々に理解出来るようになった。

道場の真ん中で、ガッツリ組んで力の柔道をしている彼らの周りを、親子はまるでステップダンスを踏むかのようにかけめぐり、足技をかけあいながら楽しんでいる。

周りはそれを見て、

「親子で柔道が出来るなんていいよなぁ」

とつぶやいた。

「世界選手権で金メダルを取った誰々君は、彼が小学生だった時、大学生の僕が柔道の手ほどきをしてやったんだ」

これが夫の唯一の自慢話であったが、私は全く興味がない。

ボランティア元年

息子が高三の時、学校から大学の進路の打ち合わせをする三者面談の知らせが入った。

息子に学部はどこに行きたいのかを聞くと、

「僕は哲学科に行きたい」

と言った。

ああ、素晴らしい！　哲学は人間にとって最高の学びではないか。

指定された日時に息子と共に教室に入ると、担任の教師は机の前に座って待っていた。

「大学は問題なく進めます、さてどの学部を望まれますか？」

教師は私を見つめた。

「息子は哲学科へ進みたいと言っていますが……」

「えっ！　なぜですか？　息子さんは偏差値が高いのですから、法科、経済、商学部、どここにでも進めます。何も偏差値の低い哲学科へなんか行かなくても。そんなこと言う親御さんはいませんよ！」

「いいえ、先生、息子は人間として最高の学問である哲学を学びたいのです」

「哲学科は偏差値が低いのですから、何もそんなところに進まなくても……」

「では、どうしてみなさんは、法科や経済や商学部などを望まれるのですか？」

「それは就職のためですよ」

「じゃ、みなさんは就職のために大学に行かれるのですか？」

「そりゃそうですよ。大学は就職のために行くのです。そして、法科や経済や商学部は就職するのに一番良い学部なのです」

「先生、大変申し訳ございませんが、息子は就職するために大学に行くのではありません。大学へは学問を学ぶために行くのです。そして哲学は人間にとって、最高の学問だと思っています。人は哲学を学んでこそ、生きている意味を知り、そして考えぬく力を身につけるのです」

と私はきっぱり言い切って、教師の顔を見た。息子も横でうなずいていた。

教師は唖然としていたが、やおら立ち上がると、手をまっすぐ身体にそわせて、直立不

動のまま、ゆっくりと頭を下げ、

「申し訳ございませんでした。私は十数年も教師をしておりますが、親御さんにこのようなことを言われたのは初めてです。今、とても恥ずかしく思っております。息子さんには哲学科へ進まれるようにいたします」


息子が大学に通いだしたある日のこと、何気なく聞いた。

「大学はどう？　哲学科ってどんな人がいるの？」

「変な奴ばっかだよ。訳のわからないような奴もいるよ」

息子は大学では柔道部には入部しなかった。勝負より楽しむ柔道を選んだようで、杉並区柔道会で後輩や子供達の指導をしている。


息子が大学生活を満喫していて、私はそれを良しとしていたものの、気になっていたことがあった。息子が青春を謳歌しているには違いなかったが、まだ自分のことばかりを考えている。利己主義を否定するつもりはないが、それだけの人にはなって欲しくなかった。どこかで方向転換をしなければ。自分のことも考えるが、人のことも思いやってほしい。

私はどうしたら息子が利他的な考え方を持つこともできるのだろうかと考えた。たとえ私が、

「他人を思いやる心を持って欲しい」

と言っても、息子はきっと、

「うん、そうするよ」

と言うだろう。

しかし、そういう思いは、その人自身の魂から、心の奥底から湧き上がる感情でなければならない。そうでないと、もし何らかのことが起こると必ず挫折する。こういうことは、確固たる強い信念でなければならない。私は何かそのキッカケがないものかと考えていた。

一九九五年一月十七日、阪神・淡路大震災が起こった。私の実家は阪神西宮であったから、すぐ連絡を取り、家族の安否も確認し、生活物資等を送っていた。

毎日メディアは災害の様子を報道していて、ボランティアの映像も放映されていたが、行政が彼らを捌ききれず、彼らは長時間椅子に座って待たされていた。行政は全くあてにならないなと思いながら、ある日新聞を読んでいて、はっ！　と目に留まった記事があっ

た。

「山田和尚」という人物が、ボランティアの人達を指揮して活動しているという。

この人のもとへ息子を送り出そう。息子の夏休みを待って私は言った。

「神戸は震災で大変なことになっているんだから、貴方もボランティアに行ったら？」

すると息子は私の耳元でこうささやいた。

「僕は一日アルバイトをしたら、いくらいくらもらえるんだよ」

私は語気を強めて、

「お母さんが、日当、交通費、宿泊代を全部用意するから、行ってらっしゃい！」

明くる日、二十万円を入れた銀行袋と共に、「山田和尚」の連絡先を記した新聞の切り抜きを渡した。息子は私の気合いに驚いて身支度を調え、神戸に向かった。

二週間程して息子は帰ってきた。

「神戸はどうだった？」

「とてもひどかったよ」

「リーダーの指示のもとに、やるべきことはやってきたの？」

「うん、やってきたよ」

息子の詳しい話によると、「山田和尚」のもとに集まったボランティアは一堂に会し、それぞれに自己紹介をした。どこから来たのかや参加した動機、自分の趣味等を述べたらしい。ほとんどの学生が、

「人を助けなければならないと思いました。費用は貯めた小遣いを持ってきました」

と言った。息子は親に日当まで出してもらって来たとは言えなかっただろう。息子が、

「趣味は柔道で、黒帯三段です」

と言うと、

「おっかねェー、ケンカなんか出来ないなー」

と輪の中から声がしたそうな。それはそうであろう。黒帯三段は、オリンピック選手の段級である。

息子は神戸から帰って来ると、一八〇度人が変わっていた。

第一に、私に対する言葉遣いが違っていた。丁寧なものの言いようである。

第二に、話をする相手をよく見て、相手の話をよく聞き、相手に寄り添うようなゆっくりと余裕のある受け答えをしていた。私はやっと胸をなでおろした。利他の精神が宿って

いたのである。

しかし私はもう一つ気になっていたことがあった。若者の政治離れである。息子を見ていると、政治とは無関係のような生活をしているし、何十年も前のような熱狂的な政治活動家の若者も見かけない。これは何とかしなければならないなぁと考えていた。メディアの報道等を聞くと、若者が政治に全然関わっていないから関心もなくなるわけだというが、それでは議員にでも立候補すればいいのかというと、そうもいかない。何かいい策はないかと新聞を見ていると、一面広告に新党立ち上げのボランティアを募集していた。

これだっ！　とすぐ連絡して、ボランティア参加の内容を聞き、帰ってきた息子に言った。

「今度立ち上がる新党が、ボランティアを募集しているよ。政治家達の懐に入らないと本当のところは分からないから、行ってみたら？」

「うん、行ってみるよ」

息子は学校帰りに新党のボランティアに通っていた。時々、私は聞く。

「党の中でどんな仕事をするの？」

「いろいろやるよ。チラシ配りもやるし、党の雑用もやる。チラシは駅前でも配るけれど、百枚以上のチラシをしょって、各家に配るんだ。それは大変なんだ。重いし、一軒一軒のポストに入れて歩くこともくたびれるしね」

そう言いながらも、政治に関わる面白さがあったのであろう。息子は大学を卒業するまで、ボランティアを続けていた。ある日、

「全く面白いよ、有名な国会議員が僕らの前でボヤいたり、嘆いたりするんだ。彼らも人間なんだよねぇー」

「当たり前よ」

そして、息子は政治の言説をのたまったり、政治談議をするようになった。私はいい傾向だと思った。年の瀬も近づいた頃、

「明日、ホテルオークラでパーティーがあるんだ」

と息子は言った。ボランティアは全員招待されるらしい。私はこういうこともあろうかと思い、フランス製の上質なめし革のオリーブ色の冬のコートと、三越で誂えたイニシャル入りの白いワイシャツとミラ・ショーン（イタリアのデザイナー）のネクタイを用意していた。

息子はまだ世の中が誠に理不尽であるということを全く知らない。

まずホテルマンは客のコートを預かる。彼らは一目見て、若者がこんなコートを着られるわけがないと思い、どこかの資産家のバカ息子がのこのことやって来たのだと思う。そして仕立ての良いワイシャツも見て、ミラ・ショーンのネクタイも見る。ミラ・ショーンのネクタイを選んだのは、ネクタイに地色の縁取りがあって、すぐにミラ・ショーンだと分かるからである。そのネクタイは、若者が買うような物ではない。ホテルマンは慇懃に、

「会場はあちらでございます」

と言う。この時の彼らの声のトーンが違う。息子は極楽トンボである。周りからおだてられて、悔しい思いなど一度もしたことがない。

まあ、一回目は普段と変わりない対応をしてもらって、何百人も集う立食パーティーに参加する。しかし、その後の支度は息子に任せる。世の中のことが何も分かっていないから、何時でも自分は優遇されると思っていて、自分は自分だと思い、次は紺のウールのボックスコートを着て、普段用の白いワイシャツにボールを蹴るサッカー選手の染め柄の千円ほどのネクタイをしていく。

コートを受け取るホテルマンの態度も違うし、

「会場はあちらでございます」

と言う彼らの声のトーンも違う。

息子は次第に大人社会の虚しさを感じるようになるだろう。そして、本気になって、自分はどういうふうに生きていこうかと考えることになる。あまり大きく傷つかないで、冷静に社会を見られるようになれば、ド根性のたくましさは培われないだろうが、悲惨な挫折感も味わわないで済む。


息子はいよいよ大学四年目となり、卒業の年を迎えた。私はたった四年間の学びで、その後の六十年近い歳月を過ごすのは忍びないと思っていた。大学は八年まで行ける、一年でも長く学びをして欲しかった。年が明けて息子は言った。

「今年は卒業できないんだ」

「そう、それはいいけど、どうして？」

「卒論がまだ書けていないんだ」

「そう、じゃもう一年学校に行けばいいんじゃない？」

「うん、そうするよ」

私はよかったと思った。もう一年学びをやれるのだ。そして、一年が経った。

「今年も卒業できないんだ」

と息子は言う。

また、私は思った。いいんじゃないの、学生はいくつになっていても、

「今、学生です」

と言えば、世間は通用するし、交通費の学割はあるし、世の中で学生時代ほど楽しい時はない。社会に出れば、上下関係や営利目的のために翻弄され、自分の生き方もままならない。

年が明けて、大学は六年目となった。まだ大丈夫だ、あと二年ある。ある日、哲学科の先生から私に電話が入った。

「私は日大の哲学の教師の伊藤です。息子さんのことでお電話いたしました。息子さんは単位も取れているし、出席日数も充分です。ただ、卒論が提出されていないので卒業出来ないんです。お母さんから早く卒論を提出されるようおっしゃってください」

「はい、分かりました。先生、ご迷惑をおかけして申し訳ございません」

帰ってきた息子に言った。

「今日、哲学の先生から電話がかかってきて、早く卒論を出して下さいって！」

「うん、分かったよ、今年は出せると思うよ」

ようやく息子は卒論を提出して卒業となった。また先生から電話が入った。

「お母さん、息子さんは素晴らしい卒論を書かれました。卒論は大学に残して下さい。他の学生も息子さんのように、沢山の本を読んで卒論を書いてくれればいいのですが……」

帰ってきた息子に言った。

「先生から電話があって、卒論を大学に残して欲しいって！　一体何冊くらいの本を読んだの？」

「三百冊未満だよ」

「卒論のタイトルは？」

「『古代社会におけるナザレのイエス』っていうんだ」

私は息子が哲学科に進んだ時、実は東洋哲学をやればいいなと思っていた。釈迦の哲学である。それは私が青春時代、禅に興味を持ち、五年の歳月を参禅に費やしたからである。そうか、西洋哲学を選んでいたのか。

息子は大学を卒業しても、別に就職したふうでもなかった。息子は言った。

「僕は歯車のように組み込まれた企業には、就職したくないんだ。業界の狭い範囲で生きていると、使う言葉も限られるし、自由な発想も出来ないと思うから……」
「いいわよ、とにかくやりたいことを見つけなさい。見つけるまで好きなことをするとい
いわ」
　息子はフリーターのように何かアルバイトをしているようだったが、私はやりたいことが
見つかるまでよいと考えていた。夕食が終わったあとに、息子はポツンと自嘲気味に言った。
「大学を出ているのに書店の店員だからなぁー」
「でもその書店で学べることを学べば？　例えば、書店の利益はどのように成り立ってい
るのかや、本の並べ方は何を基準にしてるのか、平積みはどの時点で並べ替えるのかなど、
書店でないと分からないことってあるでしょう？」
「そうだねー」
「そうしているうちに、自分が何をやりたいのかを見つけるのよ」
　私はそう言いながら、思い出していた。息子が大学一年の夏休み、阿佐ヶ谷の喫茶店で
アルバイトをしていると聞いて、大きなつばのある帽子にサングラスをかけ、変装まがい
の格好をして店に入った。息子は、
「いらっしゃいませ！」

と大きな明るい声を発した。すごい気合いの入れようだなと思いながら、少し奥まった暗い席に座った。私はバレていないだろうと思っていたが、息子は分かっていた。コーヒーを飲んで支払うと、息子は私を見てニヤッとした。

その後の人生で、息子は非常に美味しくコーヒーを淹れた。人生に無駄なことなど何もないのである。何事もひとつひとつが学びになる。権力や権威は実に虚しい。何よりも恐ろしいことは、人間の質が低下することもある。

ある日、息子は帰って来て言った。

「僕、留学するよ！」

「どこへ？」

「イスラエルだ!!」

イスラエルへの留学

息子からイスラエルに留学するという話を聞いた時、これは大変なことになったと思った。今から二十年以上も前のことであるが、その当時のテロといえばイスラエルとパレスチナとの紛争であり、まだテロは現在のように世界中に飛び火していなかった。

「何のためにイスラエルに留学するの？」

「僕は二十世紀最大の発見といわれる『死海文書』が出てきた洞穴の前の死海に向かって、胸いっぱいに空気を吸いたいんだ」

もちろん、親をはぐらかしていることは分かっているが私は、

「あっ、そう……」

としか言えなかった。


『死海文書』とは、二十世紀最大の発見といわれた約二千年前の『旧約聖書』などの写本で、一九四七年、十六歳の羊飼いの少年モハマッドが死海の北西岸のクムランの近くにある洞穴の中から、偶然に見つけ出したものである。

もちろん、息子が適当なことを言っていることは分かっている。息子が本当のことを言わないのは、何か考えのあってのことだろうと思った。

「留学資金はどうするの？」

「三百万円貯めたから、親には迷惑はかけないよ」

反対することも出来なかった。息子は一歩踏み出す何かを見つけたのだ。しかしその当時のイスラエルはパレスチナとの間で、テロが頻繁に起きていた。私はどうしたものかと考えていた。

茶の湯教室の年配の心安い人に、ふと私はもらしてしまった。

「息子がイスラエルに留学すると言うのよね……」

「先生、息子さんを行かせてはいけません！　テロに遭遇して亡くなってしまったらどうするのですか！　行かせてはいけません！」

彼女が執拗に言いつのるのが気になって、

「私もどうしたものかと思うのだけど……」

と言うと、彼女は話しだした。

「私にもひとり息子がいました。大学が夏休みに入った時、友達と登山がしたいと言うので、

『山に行っては駄目、遭難したらどうするの？　山は駄目！』

と言うと、

『じゃ、海ならいい？』

『ええ、海ならいいわ』

息子は友達と房総半島の外房のある島に行って海で楽しんでいました。友達は浅い所で泳いでいましたが、息子は泳ぎが達者でしたから深く海に潜っていったのです。あそこは暖流と寒流が交差している所でしたから、息子は寒流の中に入っていき、心臓麻痺を起こして海面に浮かび上がったのです。友達はすぐ息子に気がついて、浜まで引き揚げたのですが、息子はもう息絶えていました。

連絡を受けて、私は夫と共にすぐかけつけ、何としても息子の遺体を我が家に連れて帰りたいと思い、漁師に船を出して欲しいと頼んだのですが、断られました」

「どうして？」

私は胸がつまる思いをしながら聞いた。

「遺体を船に乗せると、船は使えなくなるというのです。私達はやむなく息子を浜で荼毘に付し、泣き泣き遺骨を抱いて帰りました。先生、息子さんを留学させてはいけません。

大変なことになってしまいます！」
彼女の目は涙で潤み、必死に私を説得しようとしていたのである。私は又、どうしたものかと考えた。来年に留学するという年の暮れ、また私は別の話を聞くことになった。

私は『瀟々流（しょうしょうりゅう）』といういけばなを習っていた。このいけばなの流派は煎茶花から独立した流派で、煎茶の席で生ける花の生け方を教えていた。いわゆる投げ入れの手法である。投げ入れとは、これという形がなく、野花が自然に咲いている風情を写し取るように花入れに生けた。千利休が茶室に入れる花は投げ入れだったという伝承から、私もこの流派のいけばなを習っていた。

その教室は不思議なことに、生徒の三分の一ぐらいが男性だった。年の暮れの忘年会は、どこかの小料理屋で生徒はランダムに席についた。隣にあまり話もしたことがない男性が座った。隣同士ということで、お互いに酌などをかわし、宴もたけなわになろうとした頃、彼はぽつぽつと話をはじめた。
「私は今、何々銀行の支店長をしておりますが、学生の頃、母親に役者になりたいと言いましたらね、

『お前を役者にさせるためにに育てたのではない！』と、こっぴどく叱責されましたよ。今は銀行員です。郷里は茨城の片田舎で、同窓会等で帰ると、村一番の出世頭になっていますが、あの時、母親に反対されたことが今も胸に残っていましてね。母親はとっくに亡くなっていますが、思い出すと悔しいんですよ。私は役者の道に進みたかったのにと……」

彼は一流銀行の都心の支店長だった。本来ならば、出世街道をまっしぐらに進んでいると羨望の思いでみられるであろうに、人それぞれに胸の内は全く計り知れない。世の中の息子にとって、母親の言葉は思った以上に心に刺さるらしい。息子の留学に反対すれば、息子は一生涯私を恨むかもしれない。私は暗い気持ちで新年を迎えた。

春になって親戚から法事の知らせがあった。お寺での法要が終わり、近くの料理屋で精進落としとなり、私達夫婦が中程の席に座した時、空いていた私の隣に夫の従兄弟が座った。その従兄弟とは今まで一度も話をしたこともなかったが、彼は一流商社の常務になっていて、親戚一の出世頭といわれていた。

「ご無沙汰しておりました。皆様、お変わりございませんか？」

「ええ、まあなんとかやっていますよ」

私は隣であるから、献杯のあとのビールを勧め、全員がぼつぼつ食事を始めて、私も黙って頂いていた。従兄弟は私に話しかけてきた。

「僕はね、若い頃、石油関係の業務に携わっていて、中近東への赴任が決まったんですよ。僕は海外に出たかったから、大喜びですぐ実家に帰って、お袋に報告しましたらね、『何でそんなところに行くのかね……』と言って喜びませんでしたね……。お袋にそう言われたことが今でもトラウマになっていて、もう亡くなって七年になるというのに、未だに喜んでもらえなかったことが、心の中にしこりのように残っていますよ……」

世の中の息子というもの、母親の言葉がかくも重く身にこたえるものなのか、又また、気が滅入っていった。これでは迂闊にものも言えない。息子の留学を止めることは出来なかった。もうこうなると、神に息子を委ねるしかない。

そしてその時が来た。明日の午前四時に出発すると告げられた。その日の仕事も終え、夕食も済ませて、午前四時前に起きることを想定して眠りにつこうと居間の明かりを消そうとして立ち上がった時、二階から下りて来た息子が言った。

「どうしてもスーツケースに衣類が入らないんだ。何とかして！」

「えっ？　今頃何よ！」

「どう入れても、スーツケースの蓋がしまらないんだ！」

「じゃ、すぐ下に持ってきて！」

私はそんなこと、とっくに片付いていることではないかと思った。息子は何事も甘く考えている。自分の屈強な腕力でスーツケースの蓋など簡単にしまるものだと思っている。

二階から下ろされたスーツケースと衣類を見て、私はさらに驚いた。何てことだ！　スーツケースはパンパンになっていて、まだその上に衣類がのっている。

私はとにかくケースを空にして、一枚一枚の衣類を細く丸めて巻き、ケースの隅から詰め始めた。小一時間近くそれと格闘しただろうか。ようやく詰め終わって、スーツケースの蓋は閉まった。

私は二、三時間でも休もうと思った。息子はまた紙袋を持って、二階から下りて来た。

「このお金、何とかしなきゃならないんだ」

と言って、お金の入った袋三十袋をテーブルの上に広げた。一袋を開けると、ドル紙幣と硬貨がジャラジャラ出てきた。

「どうして？　全部ドルの高額紙幣にすればよかったじゃない！」

「ドルの交換は十万円で一袋に決まっていて、三百万だから、三十袋渡されたんだ」

「じゃ、もっと早く交換すればよかったじゃない？」

「まさか、こんなふうになっているとは思わなかったんだよ」

「早く全部袋から出して！　金種別に分けて！」

時間は十一時を過ぎていた。レポート用紙に一袋の金種を記し、枚数を書き、それに十をかけた計算表を作った。紙幣をつかんで、パンパンとテーブルの上で束にしてから、さあっと扇のように広げて枚数を数えていく。結婚前、銀行に勤めていた時のスキルである。息子には硬貨を数えさせて表は出来上がった。銀行袋に高額紙幣を二十枚ずつ小分けにして入れた。

「どういうふうにして出掛けるの？」

「スーツケースとリュックだよ」

「リュックの中身は？」

「パソコンとかいろいろ……」

「じゃ、高額紙幣はリュックの背中側とパソコンの間に平たく並べて入れて、低額紙幣はズボンの腹巻ポケットに入れて、硬貨は布袋に入れてリュックの底に、使う時は硬貨から使いなさい」

まあ、とんだことである。とにかく詰めが甘い。時間は十二時近くになっていた。私は着替えずにベッドに入った。少しでも寝よう、出発前に私が倒れたら、また大変なことになる。

三時半にベッドから出る。居間でお茶を飲んで座っていた。夫は身支度をしている。二階から息子が下りて来た。二人が車に乗り、私は助手席の息子の車の横に立って、何と言って見送ればいいのか考えていた。

「気をつけて、いってらっしゃい！」

と言っても、息子は言うであろう。

「気をつけていても、どうにもならないこともあるんだよ」

私は意を決して、

「どうぞ、神のご加護を！」

と言い、深く頭を下げた。

車は静かに滑り出て行った。


イスラエルからは何の便りもない。時々イスラエルとパレスチナの紛争の記事が新聞に載っている。一年くらい経って、息子から電話が入った。

「もう一年留学を続けるよ。国費留学の試験にパスしたんだ」

「国費ってどこの国?」

「イスラエルだよ」

「元気にしている?」

「大丈夫だよ、ちゃんと生活してるよ」

息子はヘブライ大学に行っていると言った。自炊は大丈夫だ、もうすっかり料理は出来ているようだった。

息子、行政書士になる

留学を二年終えて、息子は帰ってきた。私は居間のテーブルの前に座って、その時を待っていた。

「ただいま！」

明るい息子の声が玄関に響き、何かひとまわり大きくなったような息子が現れた。

「無事で何より、おかえりなさい！」

すると、息子は大きく目を見開いて叫んだ。

「僕は神に守られている‼」

私はその言葉に少し違和感を覚え、

「さあ、お茶が入ったわ。どうして神に守られているの？」

と聞いた。息子はリュックを下ろしてテーブルにつくと、

「僕はイスラエルで、三度もテロに遭遇するところだったんだ。一度目は大学へ行くために バスを待っていたんだ。バスが遠くに見えていて、もうすぐだなぁと思っていると、そ

のバスが向こうで爆発したんだ！」

私は背筋がスーッと凍るような気がした。

「二度目は大学から帰ってきて、夕食の材料をマーケットに買いに行こうと思ってたんだよ。すると何だか少し疲れた感じがして、ベッドに横になってたんだ。五、六分ほど休んでから、マーケットに行ったら、そこが数分前に爆破されていたんだ」

私はまた、頭が痛くなるような感覚に襲われた。続けて息子は言った。

「三度目は留学が終わって、帰るために大学のレストランで、日本人同士とコーヒーを飲んでいたんだ。僕はお代わりをと思い、カウンターにコーヒーを取りに行ったんだ。すると奥で爆発音がして、カウンターのボーイと僕はパッと外に飛び出したよ。奥でフランス人の学生が三人亡くなったんだ」

「そう……、神に守られたのだったら、神の意志に沿うように生きなければね……」

「うん、分かっているよ」

「ところで貴方は、何を学ぶためにイスラエルに行ったの？」

「政治学だよ。イスラエルは世界で一番政治学が進んでいる国なんだ」

「そう、それでちゃんと学べたの？」

「うん、大体学んだよ」

立ち上げた新党のボランティアに行かせて、政治に関心を持ったのは良かったけれど、こんなふうに展開するとは考えもしなかった。息子は思うようにして、きっと気が済んだだろう。これからどんなふうに生きていくのかな？　私はほっとしながら、まずは一ラウンドが終わったかと胸をなでおろしていた。

帰ってきてから息子に、イスラエルのことをいろいろ聞いた。

「イスラエルって、いつもパレスチナからミサイルが飛んでくるだろう？　すっごく防衛体制が出来ていて、ミサイルが飛んでくる前に街中に警報が鳴るんだ。それを聞くと街中の人はみんな近くのシェルターに入るんだ。僕も入ったんだ。するとそこに兵士がいて、みんなにガスマスクを渡すんだ。みんながガスマスクをつけ、シェルターの椅子に座り、警報が鳴り止むまで待つんだよ」

「どうしてそんなにイスラエルとパレスチナは紛争をしなければならないの？」

「ああー、そうだねー。この歴史はとても古いんだ。紀元前からの話になるよ。『ノアの箱舟』って知ってる？」

「旧約聖書の話でしょう?」

「そう、『ノア』は神の啓示を受けて、箱舟をつくると世界中に洪水が起こって、『ノア』の一族以外の人々は皆死に絶えるんだ」

「それで?」

「『ノアの箱舟』は海を漂って、トルコのアララト山に漂着したんだ。水が引いて陸地が現れ、『ノア』達は陸地に降りるよ」

「それでどうしたの?」

「その後『ノア』の子孫は、神に導かれてヨルダン川流域の肥沃な土地を与えられるんだけど、『ノアの子孫』とはユダヤ人だったんだ。だからユダヤ人は選民思想といって。自分達は神に選ばれた民族だと思っているよ」

「それで?」

「彼らはその後、肥沃な土地を他民族に取られたり、取り返したり、エジプトに負けて、奴隷として連れて行かれたり、五千年もの間、そんな状態だったんだ。モーゼがユダヤ人をエジプトから救い出す話が、映画『十戒』だよ。ユダヤ人は大変賢いし、ほら天才物理学者のアインシュタインもユダヤ人だよ。ユダヤ人は敵にやられると、ヨーロッパ周辺に広がって、流浪の民となっていくんだ。せっかく落ち着いても、その国から追放されたりして、受難の日々を送るんだ。そんな話が『屋根の上のバイオリン弾き』っていう映画になっている」

「そういえば。シェイクスピアの『ベニスの商人』の金貸しもユダヤ人だったわね」

「ユダヤ人は商売がうまくて、みんなそれぞれに裕福になっていったから、周りの人達に嫌われたんだ。ナチス・ドイツの迫害でユダヤ人は世界中に散ったけど、民族を守る国家がなければ、自分達の未来もないと分かって、神に導かれたヨルダン川流域の土地に改めてイスラエルを建国しようと考えた。それは紀元前一二四五年頃、流浪の民、イスラエル民族がヨルダン川流域にイスラエル国を樹立していたからなんだ。エルサレムは、ユダヤ教の神殿があったところだよ。でもそこにはすでにユダヤ人やパレスチナ人が住んでいたから、無理やりにパレスチナ人を追い出して、イスラエルを建国したんだ」

「それじゃ、パレスチナの人達は可哀想じゃない？」

「うん、それはそうなんだけど、かつては神に与えられた土地だからと、イスラエルも必死なんだ。もう二度と国民を流浪の民にしたくないと思ってさ」

「ずいぶん、頭の痛い話ね」

「イスラエルは建国にあたって、国家の政治というものを真剣に考えたのだろうね。だから、政治学が世界で一番発達したんだ。イスラエルの行政は徹底しているよ、食糧の調達力やテクノロジーも完璧なんだ。女性にも徴兵制度があるしね」

「じゃ、女性も自衛隊みたいに銃を持って訓練するわけ？」

「そうだよ。国難の時は、男も女も関係無く闘うんだ。だから、あの国は性差別なんかないだろうね。日本は性差別を云々言っているけれど、要するに日本は平和なんだよ。自分の命がどうなるか分からない時に、男か女かなんて考えないだろう？」

「そうね……。それはそうと、イスラエルの人は日本人に親切だった？」

「もちろんだよ。それは第二次世界大戦の時、ナチス・ドイツの迫害から逃れてきたユダヤ人を助けたからなんだ。彼らはドイツからバルト三国のリトアニアに逃れてきて、リトアニアの外交官だった『杉原千畝』に日本への通過ビザを発給してもらったんだ。六千人ものユダヤ人の命を救ったといわれているよ」

「でも、どんなふうにして日本に来たの？」

「彼らは、リトアニアからソビエトに入って、シベリア鉄道に乗ってウラジオストクに着いて、そこから『天草丸』という船に乗り、福井県の敦賀市の港に着いたんだ」

「その人達は日本からどこへ行ったの？」

「まずアメリカに逃れて、そこから世界各国に散ったんだ。だから、アメリカからユダヤ人を救出する客船が神戸港で待っていて、彼らをアメリカに連れて行ったんだよ。敦賀に着いたユダヤ人に、敦賀の人達はりんごを配ったり、銭湯を開放したりしたんだって」

「日本人もまんざらではないのね」

「僕がヘブライ語で『日本人です』と言うと、『私の祖父は日本人に助けられました。日本人に会えて光栄です』と言って、僕に握手を求めてきたよ」

「そうね……。日本の政治家は難民問題にとても冷たいけれど、日本人って優しいところがあるのよね……」

「あるさ。困った人を助けたのは、昨日や今日の話じゃないよ。まず僕の知る限り、江戸初期、千葉県御宿（おんじゅく）町の沖合でスペイン船、サン・フランシスコ号が嵐の中で座礁した時、そこの住民や海女達が乗組員を三一七人も救助したんだ。そのあとスペインから感謝のしるしに、徳川家康に金の洋時計が送られたんだ。今、久能山の博物館に陳列されているよ。

　そして江戸中期、通商を求めて下田にやって来たロシア船ディアナ号、この時大地震が発生し、座礁して船が航行不能になったんだけど、その時も土地の人々は船の修復を手伝い、生活必需品から住居まで提供して助けたんだよ」

「日本人って、捨てたものじゃないわね」

　と言いつつ、私はふと目頭が熱くなるのを感じた。また息子は気をよくして話を続けた。

「まだまだあるよ。明治時代、トルコから来た親善大使団の船、軍艦エルトゥール号が帰国の途についた時、和歌山県串本町の大島沖で嵐で沈没してしまったんだ。事故を知った村民は暴風雨の中、夜を徹して彼らを救護し、食糧を提供し、亡くなった人々を丁寧に埋葬し、故国の方角に向けて、墓標を建てたらしいよ」

「そう……。とても素晴らしい日本人なのに、今は何か違うよね。何か変よね」

「変なのは一部の人間だけだよ。人はホモ・サピエンスの時代から協力して助け合わないと生きてこられなかったんだ。自分のことしか考えない人は、そのうち自然に淘汰されるよ。神は見ているからね。ほら、阪神・淡路大震災の時ね、ボランティアの人達はみんな黙々と一生懸命に働いていたよ」

　息子はそのことを思い出したかのように、温かいまなざしを窓の外に投げかけていた。

「変なのは一部の人間だけだよ。大方の日本人はとても人に優しいよ。けど僕、帰国して成田空港で日本人を見た時に、妙な感じがしたよ」

「どんな？」

「なんていうか、みんな同じ顔をしているんだ。顔つきに緊張感がないんだ、危機感がないんだよ」

「そりゃ、そうよ。毎日ミサイルなんか飛んでこないもの」

「でも日本だって、いつ他の国からミサイルが飛んでくるかもしれないし、ミサイルだけじゃなく、自然災害もあるし……」

「そうね……」


息子との会話はその後もいろいろ続いたが、息子は帰国後勉強を始めた。春が来てもまだ受験のような勢いで勉強している。何の勉強をしているのかは聞かなかったが、時間を決めて休憩し、食事をし、勉強をしていた。


三年目に息子は言った。

「通ったよ！」

「何に通ったの？」

「行政書士に受かったよ！」

息子は帰国後、行政書士になろうと思い試験を受けた。最初はちょろいと思っていたらしい。しかし、世の中、そうは問屋が卸さない。けっこう難関で、一回目は落ちた。二回目も落ちた。どうも必死で勉強したらしい。やっと三回目で合格したわけである。

三十四歳の若い行政書士が誕生した。

社会のために働くことはいろいろある。社会学者をめざして、社会の改革を訴える手もあるが、十九世紀のドイツの偉大な社会学者、マックス・ウェーバーによると、社会科学にできることは、人々によりよい物の見方を提供することであると。

息子は後者を選んでいた。

私は聞いた。

「行政書士ってどんな仕事をするの？」

「まあ、市民の雑用係のようなもんだよ。行政と市民の間を取り持つ仕事で、『遺言書』

の作成や、行政に出す書類の代行さ。会社の『決算書』も作るよ」

「じゃ、大学で学んでいた哲学は何かの役に立つの？」

「もちろんとても役に立つよ。ほらこの頃、よく『生きづらい』って言うだろう？　あの原因は不満、その不満の原因は欲望なんだ。あれは自分がよくよく考えていないからだよ。第一に、やり場のない怒りや不満をよく考えて解析して、自分の感情の正体を知れば、それを制御することも可能になるよ。

第二に、十八世紀の哲学者、ジャン・ジャック・ルソーは『不幸とは欲望と能力のギャップである』と言ったそうだけど、その解決は、
(一) 能力を上げる
(二) 欲望を下げる
(三) 欲望を変える
という選択肢があるんだ。悩んでいる人に、そのことを言ってあげられるからね」

「人のために役立つ仕事を見つけてよかったね」

「うん……」

息子は少し照れながらうなずいた。しかし、新米の行政書士にクライアントも何もない。

すでに取得していた『教員免許』を利用し、児童館や小学校の課外授業のバイトをして、二足や三足のわらじを履き、練馬区の小さなマンションで意気揚々と生きていた。

毎年八月の旧盆に、茨城県の片田舎の菩提寺に墓参りをする。しかし夫の認知症が進み、夫との墓参も難しくなった時、同行を息子に頼んだ。

「お墓参りは私ひとりじゃ心細いから、一緒に行ってもらえない？」

「いいよ」

という息子の二つ返事で、当日は『ひたちなか市』に入る。墓参のあと、周辺の親戚を訪問して、各家の仏壇をお参りする。

「東京から大変なのに、よく毎年お参りに来られますね……」

と一族の本家の夫の従兄弟が言った。

「いいえ、今日私達があるのは、ご先祖様があってのことですから……」

今回息子に同行を頼んだのは、墓参の折の回る親戚の順序や、手土産（御供用）の準備等を知ってもらうためである。私が旅立ったあと、息子にその気があれば継続していくだろう。

三番目の家に着いた。その家の仏壇のお参りを終えて、外に出てから私は言った。

「ここの家の長男は貴方の又従兄弟にあたるけど、風太郎になったんだって」

「親が子どもの芽を摘みすぎるんだよ。ああしちゃいけない、こうしちゃいけない。ああしろ、こうしろって言うからいけないんだ。そうすると子どもは風太郎やウツや精神障害者になるよ」

「そうね……」


近所の知り合いが、ある日私に言った。

「息子さんの結婚のこと、考えませんの？」

「息子の結婚？　それは私の考えることではないわ。息子の結婚は息子が考えるのよ」

息子が大学を卒業してから、何年か経った頃、私は息子にこう聞いた。

「結婚のこと、どういうふうに考えてる？」

息子は満面の笑みをたたえて、茶目っ気たっぷりに言った。

「お母さまは、ご自分の幸せだけを考えて下さい。僕のことは僕が考えます」

以後、そういう話は一切していない。

年金生活に入ると、認知症の夫とともに八ヶ岳に移住した。「日本のスイス」といわれる八ヶ岳南麓は、東南に裾野を大きく広げる富士山の雄姿がはるかに見え、西には間ノ岳、北岳、甲斐駒ヶ岳などの連山を成す冠雪を頂いた南アルプスが朝日に輝く。北には麗しいばかりの高低をともなう八峰の山々が群れ重なり、特に冬、真っ白に白化粧をした風情は誠に厳かで神々しい。東にも茅ヶ岳、金峰山、瑞牆山と、さながら屏風のように三方を山がめぐり、まるで自然の要害のようである。

その八ヶ岳の南斜面に、それはまるで神の手で作り出されたような平地が下り広がる。農地としても十分な広域を占め、古来縄文人がこの地までやって来て、数千年もの間集落を築いた遺跡がこの地の意味を物語っている。

現住民は、その遺跡の周辺に大きく広がり、山間部の自然の中では、鹿（害獣になってしまった）や雉やさえずる小鳥や明るい日差しと、オゾンの満ちあふれた清涼な空気の恩恵にあずかる。

息子は今、天国と地獄を行き来している。東京ではとても口にできないような、のどぐろや黒むつの美味しい鮮魚、特に「ひまわり市場」の「天草直送」の鯛や平目やその他の魚はかの「明石鯛」を超える絶品で、息子はそれらに舌鼓を打ち、和牛のサーロインステーキをほおばり、無農薬、有機栽培で作った私の野菜を食す。

そういう中で息子は都会にうごめく人々の胸の潰れるような話をした。

「僕は仕事柄、いろんな人と話をするけど、この間こんな話を聞いたよ。『私は離婚しようなどとは思ったことはない。しかし夫を殺したいと思ったことは何度もある』って」

ふーっと深いため息をつきながら私は言った、

「そうねえ……。やっぱり人は死ぬことができなければ、生きていくしかないものね……」

「又ある看護師が言ったよ。『幸せに生きてこられた方は、八十歳になっても九十歳になられても、もっともっと生きたいとおっしゃいますが、大変苦労なさった方は七十歳くらいでもう生きるのはこれくらいでいいとおっしゃいますね』って」

「そうねー、本当に世の中は人さまざまだね。教育者をめざして教師になったっていうのに、子どもにセクハラをする人もいるしねー」

「ペーパーテストや面接では、人のモラルまで分からないんだよ」

「そうそうこの間、経産省の若い二人が補助金の不正請求をしたでしょう？　一流の大学を出たというのに、どうして一生を棒に振るようなことをしたのかしら？」

「どんなに頭が良くても、先の見えない奴もいるんだよ」

息子は二、三日天界で過ごして下界に降りていく。権力や権威、見栄や虚栄、欲望と享楽、成るべくして成り立っている社会の渦巻く都会の底辺で、あえぐ人達の一助にでもなればそれでいい。


息子はまた、面白いことを言った。

「ユダヤ人って、とても人間的な民族なんだよ。神から啓示を受けて救われたり、神に導かれて土地を与えられたりしたのに、彼らは何度も何度も神との約束を破っては罰を受けるんだ。虫のよいことに、その都度『反省』をするんだけど、喉元を過ぎればすぐ約束を破るんだ。あまりにも人間的なユダヤ人に、心から悔い改めて救われることを悲願し、我が身をそのために捧げてしまうイエス・キリストも現れるしね。彼はユダヤ人の罪を一身に引き受けるためにこの世に生まれてきたということになっているよ」

「そうー、ところで日本民族の神は、私達を守ってくれるかしら？」

「この八ヶ岳に住んでいれば大丈夫だよ。日本民族の神は、この一帯を守るからね」

「どうして？」

「昔から言われているよ、この八ヶ岳は神に祝福されていると」

知人の息子

私が八ヶ岳で香道を教えていた時、生徒達が香を炷（た）く香炉が欲しいと言った。陶芸を趣味にしている知人に話すと、香炉を作ってくれるということになった。しばらくすると、焼き上がった香炉を持ってきた。

ケーキとコーヒーで談笑していたが、非常に彼女が伸び伸びと人生を謳歌しているのを感じ、こういう女性に育てられた息子さんは、どういう育まれ方をしたのだろうかと、そのことに興味を持った。

「ご子息はいらっしゃるのですか？」

「ええ、息子と娘がいます。アッハッハッハッ！」

と突然笑いだした。その笑いがあまりにも唐突で底抜けた明るさに、私は息をのむ思いで彼女の口元を見つめた。彼女は語りだした。

「私はね、三年前に亡くなった夫とは恋愛結婚だったの。夫は文学青年でね、何かの文学の集まりの時に知り合ったの。若い頃結核を患い、いつも『僕は身体が弱い弱い』と言って、雑用は全部私にさせて、自分は好きな本を読んでいるのよ。晩年は何年かに一度、エッセイを出版していたわ。

私はずっと教員の仕事をしていて、結婚しても仕事をやめなかったの。その頃、八王子市に住んでいてね。息子は自由に野山をかけめぐり、好き勝手に少年時代を過ごしていたわ。私も仕事が忙しくて大変だったから、息子を好きなようにさせていたのよね。中学校は、吉祥寺にある小・中・高の一貫校『明星学園』に入れたの」

「どうしてそこの学校に入れられたのですか？」

「それは生徒に勉強なんかさせないで、好きなことを自由にさせるっていうから……」

「その学園の教育方針は、どういうものだったのですか？」

「まず生徒がやりたいことを考えて、やらせて、それを発表させるの」

「発表させるって、どんなふうに発表するんですか？」

「生徒が何かテーマを決めて、仮説をたて、それを実証するために、実験や観測をして発表するの」

「えっ？　それって、物理学的思考法じゃないですか！　中学生の時からそんなふうに教育する学校なんですか？」

「そうよ、私も息子の個人発表を聞きに行ったけど、とてもいい教育だなーと思ったわ。でもね、その後が大変だったの。一貫校だからそのまま高校に進んで、大学はないからどこか大学を受験しなければならないでしょう？　高三の時、受験勉強のために塾に入れたりしたんだけど、ある日息子が帰ってきて玄関で叫んだの。

『僕、自分がバカだってことが分かった!!』

ってね。なにしろ、毎日好きなことをして遊んでいたから、今まで勉強なんかしていなかったのよ」

「で、どうされたのですか？」

「二、三ヵ所大学を受験したけど、全滅だったわ。仕方がないから高校を卒業して就職したの」

「息子さんはどういう仕事をされたのですか？」

「コピーライターの仕事を見つけてね。その頃日本はバブル時代だったから、しっかり稼いだみたいよ。でもバブルがはじけてから、八王子に家を持って結婚もし、嫁さんが仕事をしていて、半農みたいな生活だったんだけど、息子が四十歳を過ぎた頃こう言ったの。『僕がやりたいこと、やっと見つけたよ！　僕は自然の中にいるのが好きなんだ!!』って、そしてそれからずっと高尾山の登山ガイドをしているの」

私はその話を聞きながら胸が熱くなっていた。己の心に従って、生きていることに感動している。やりたいこと、したいことをして生きている。なんて素敵なことだろう！

「ところが、妹の方は兄と全く違っていて、学ぶことが大好きな子だったの。全く不思議ね、

『勉強がとても楽しい、とっても面白い』って言うの。進学校に進んだけど、高一の時、夏休みに一ヵ月アメリカのユタ州にホームステイに行ったら、アメリカの学校に行きたいと言って、アメリカの高校に行って、そのまま大学に行って、その後ペンシルバニアの大学院に進んで、ゴールドマン・サックスに就職したわ。『ＭＢＡ』の資格なんか取ったわね。貴女知ってる？」

「ええ、知っているわ。『ＭＢＡ』は経営学修士といって、経営学を修めた者に対して授与される学位だと聞いているけど、妹さんはとても優秀だったんですねー」

「イギリスの人と縁があって結婚し、日本勤務になって今、京都に住んでいるわ。子供達はそれぞれ好きなように暮らしているけど、私はそれでいいと思っているの」

「それはそうですよ、誰もがみんな自分の思ったとおりに生きられるとは限りませんから。それができるなんて、最高の人生だと思いますよ」

彼女は話し終わって、ニコッと笑った。彼女の笑顔は、何の見栄や虚栄もなく、子供達の望むままを良しとして受諾し、見守り、そして自分も伸び伸びと生きてきた。きっと彼女は最後の日までとても幸せに違いない。

古い友人

私の夫はすでに他界していたが、その古い友人は五月の連休が過ぎた頃に八ヶ岳にやって来た。その友とは、五十二年前に出会っていた。私が結婚した明くる年の二十五歳の時である。

教育者である羽仁もと子の教育理念のもとに創設された学校「自由学園」の延長線上に、

主婦を対象とした勉強会「友の会」が都市部周辺に存在していた。

主婦が家庭生活を担うにあたり、家計簿のつけ方、栄養学に基づいた食生活の改善などを話し合いながら意見交換する集いで、歩いて集まれるエリアに「最寄会」と称した会があった。

実家の母親が「友の会」のメンバーであったことや、その会が主催する結婚前の女性を対象とした「生活学園」に姉や私が参加していたこともあって、私も東京に嫁いでからその地域の「友の会」の一端である「最寄会」に入会した。

そこでその友人と出会ったのである。彼女は全日空の元スチュワーデスで容姿端麗であった。「最寄会」は十人程度のメンバーであったが、六歳年上の彼女以外、ほとんどが今でいうバリバリのオバサン達であった。確かにそれぞれが主婦の大先輩で、中には料理のコンテストで優勝した人もいて、私達二人は目を見張るような面持ちで参加していた。

しかし、三十歳前後の私達は、オバサン達とは嫁と姑ほどの年齢差があり、いつも二人はオバサン達に圧倒されながら、部屋の片隅で並んで参加していた。

二人は何かオバサン達とは異なる感覚を持っていて、二人だけで意見交換をするようになっていたが、そのうち彼女は二人の息子が中学受験を始める頃に退会し、私も自分の茶道教室が忙しくなると、その「最寄会」を退会していた。

その後私達二人は、お互いに何の音信もしないまま年月が流れ、荻窪ルミネの行きつけの寿司屋でバッタリ再会した時は、四十年の歳月が経っていた。

もうお互いに老年に入っていて、積もる話も山ほどあって、飲みながらお寿司をつまみながらしゃべり合い、次に会えるスケジュールなどを交換し、その後は月に一度位は寿司屋で合流するという具合になった。

私は八ヶ岳に住んでいるから、是非遊びに来て欲しいという話になり、彼女は五月の連休が終わったら八ヶ岳に来るということになった。

彼女はなかなかの酒豪で、私の小説『由良の門を』に出てくる居酒屋に行きたいと言った。

当日は新宿から特急列車の「あずさ」で小淵沢に着き、昼は手打ちそば、自宅で休憩して、パノラマ温泉の露天風呂で、西に傾きはじめた陽光が冠雪を頂いている富士の姿を浮かび上がらせた時、彼女は感嘆の声をあげた。温泉のあと、タクシーで居酒屋へ行く。

山海の珍味とともに、研ぎ澄まされたお酒の味わいにも堪能し、家に戻り三月に蔵出しした地酒の大吟醸の生原酒を勧めると、

「これ、美味しいわね」

と言った。

「そうなの。谷櫻（たにざくら）酒造という蔵元なんだけど、江戸時代の創業なのよ」

「こんな所に江戸時代からの蔵元があるわけ？」

「ええそうなの、あるのよ」

「不思議なところね……」

と彼女は一息つくと、今まで聞くこともなかった彼女のプライベートな話をはじめた。

「私ね、二十二歳の時、十七歳も年上の人と結婚したの。私はまだ全然結婚する気はなかったから、友人の家で彼と出会った時、何とも思わなかったんだけど、彼が私に一目惚れして、毎日毎日手紙は来るし、何回も何回もデートに誘われるし、とうとう根負けして結婚したのよ。彼が一橋大卒だと聞いて少しグラッとしてね……」

「どうして？」

「私ね、高校生の時、恋をしたの」

「初恋？」

「ええ、そう、その人が一橋大に行ったと聞いて、とても一橋大に憧れていたの……」

「それでどうしたの？」

「彼と結婚するとすぐ長男が生まれて、二年経って次男が生まれて大変だった時、講演中に子供を預かってくれるという『家計簿について』の講演を聴いたの。そこで、羽仁もと子の『友の会』を知り、すぐ『最寄会』に入会して、そこで貴女に出会ったのよ」

「そう……、それで？」

「三十歳を過ぎた頃、二人の息子も学校にいくようになって少し暇が出来たの。何かしたいと思って、それでいけばな教室に行ったのよ」

「そうしたら？」

「いけばなは私に合っていたのね。四十歳の時、その流派のいけばな展で『新人賞』をもらって、私は嬉しくて嬉しくて舞い上がっていて、天にも昇る心地だったわ、三日間ほどその会場に詰めていなければならなかったから、夕方六時頃に終わって家に帰り夕食を作るの。大変だったから、夕食は手を抜いていたのよね。するといつも優しい夫が、

『なんだ、この料理は！』

と言ったの。すると次男が、

『ママが一番嬉しい時なのに、なんでそんなこと言うんだ！　たかが料理じゃないか！』

って夫に向かって怒鳴ったのよ」

「その時、息子さんはおいくつだったの？」

「長男は高校生で、次男は中学生だった」

「しっかりした息子さんだったのね」

「私はあの時ほど、息子に恵まれてよかったと思ったことはなかったわ」

それを聞いて私は胸が一杯になっていた。

「息子さん達をどのように育てられたの？」

「もう息子達は可愛くって、可愛くって、とても大切に一生懸命育てたわ。夫も歳をとってからの子供だったから、とても可愛がっていたわね」

「そうー、だから素敵な息子さんになられたのね……」

今は一流大学を出て、一流企業に入られ、結婚もし、子供にも恵まれ、息子さん達は第二の人生を迎えつつあると聞いた。

彼女は今年八十三歳、その流派の幹部となり、今なお現役とのことである。

彼女は言った。

「もう二十年も前に夫は亡くなったんだけど、それが面白いの。息子達が私の保護者みたいになってね。もう歳だから車は運転してはいけない、ああしちゃいけない、こうしちゃいけないいって言うの」

二人は声を上げて笑いに笑った。私は笑いをこらえながら、

「私達、年を重ねて、強者から弱者になったというわけね！」

あと数年もすれば、私は神に息子をお返しする時が来るであろう。息子との人生は、実に楽しかったし、面白かった。物静かで心の優しい息子だった。息子は大地に根をおろし、しっかりと一人でも生きていけるだろう。もしまた生まれ変われたら、今度は友達だといいね。どちらかが親ガチャに外れても、助け合って生きていこうよ。生きてるって、とても素晴らしいものね。

息子よ、私の息子に生まれてきてくれてありがとう！

私はとても幸せだった、なぜならこんな素敵な息子を、神から預かったのだから――。

子は親を選べない

親も子を選べない

人類が八十億人いるとして
親子の確率は八十億分の一となる
こんな稀有な縁で生まれてきたのに
大切に育てない人がいるなんて！
可愛がらない人がいるなんて！
とてもそんなことは考えられない
しかもその子は自分が生きていた証でもある
ＤＮＡを持っているというのに！
こんなにも不思議な存在だというのに！
ひとは一体どうしたというのだろうか……
こんなにも愛しい存在だというのに！
子供より自分の方が
大切だというのであろうか……

（完）

その人

その人は二年前の暮れに、あの世に旅立った。その一ヵ月ほど前に電話が入り、

「私、もう駄目なのよ、治らない病気なの」

「えっ？　何の病気になったの？　全然聞いてなかったけど？」

「私、大腸ガンなの。三ヵ月前に分かったんだけど……。もうそんなに長くないわ」

私は絶句した。だって、数ヵ月前まで、あんなに面白おかしく笑いあって、電話でしゃべっていたではないか。一体何があったというのだろうか……。


その人と初めて会ったのは、当方の茶道教室にその人が入会した時だったらしい。自己紹介をされて入会して頂いたが、なぜか彼女は二、三ヵ月で退会した。

当方の茶道教室は一般の教室とはかなり違っていて、対象となる人は十人ほどの弟子を持つ街の先生をしている人達で、より高いレベル、より深い茶の湯を学びたいという人であった。だから当然、とても教室に合う人と全く合わない人がはっきりしていた。長い人で、三〇年近くも学びにきた方もいたが、二、三ヵ月で退会された方もいて、悪いけれどそういう方を私はほとんど覚えていなかった。

私は自宅の教室以外、他にも学びがいろいろあって、三条西家の御家流の香道にも通っていた。この御家流の宗家の教室は、霞ヶ関ビルの三六階の霞会館にあり、そこの使用は元華族のみに限られていた。

月一回の稽古に出向いた折、新しい入会者が紹介された。その人は簡単に自己紹介し、一同席につき、その日の稽古が始まった。

その時彼女は、単衣の紺色の絹のスーツを着ていたから、きっと季節は六月頃だったかと思う。私が帰り支度をして教室を出ようとしていた時、彼女はツカツカと寄ってきて、

「お久しぶりですが、私のこと覚えていらっしゃいません？」

と言った。

「えっ？」

と私は言って、彼女の顔をじっと見つめた。

「私、一度先生のお教室に入会したことがありますの……」

そう言われて彼女の顔をまじまじ見つめて、そういえば見覚えがあると思った。

「新宿まで同じですから、ご一緒しても構いませんか？」

「ええ、どうぞ……」

「私ね、一度は教室に入れて頂いたのですが、私の教室の担当の先生とソリが合わなくてすぐ退会してしまったのです」

「そうでしたか、それは申し訳ないことをいたしました……」


中央線の「荻窪」で、総合茶道研修所「孤風庵」との名称で主宰していた茶の湯の専門道場は、点前、茶事、七事式、懐石、茶道史、古文書、数寄屋建築等、茶の湯が包括する各分野を会員の意向に沿って、専門的に習得できるような構成になっていて、講師陣も六、七人携わっていた。

ある日彼女は、

「私は帰ってもひとりなので、夕食をご一緒にいかがですか？」

と言った。

彼女は新宿のKデパートの食堂街に京料理のお店があると言い、二人はその店に入ってビールを頂き、六品ほどの料理が組み込まれた御膳を頼んだ。

そういう出会いから、日本の最高の東西の茶会、その他の茶会まで、私達は面白おかしく遊びまわった。三歳年上だという彼女の物言いは、なぜか妙に迫力があった。

ある日、知人からこう言われた。

「先生、なんであんな人と一緒にお茶会に行くのですか? 彼女は非常にケバっぽかった。」

その人が言うのも無理からぬ話で、彼女は非常にケバっぽかった。一言でいうならば、銀座の高級クラブのママ風だった。着物の着付けも独特で、襟を深く抜き、胸の襟合わせも何か芸者風で、帯の締め方も一風変わっていて、背中の二重太鼓は大きく縦長になっていた。

振り返る誰もが「芸者?」と思わせる感があり、彼女がお化粧に一時間かけると聞いた時、思わず我が耳を疑った。

私など、お化粧と着物の着付けまで入れて三十分ほどだったから、どこをどうしてそうなるのか想像もつかなかった。

とにかく誰もが、普通の奥様と思わなかったのである。

私が彼女と一緒に遊び歩いたのにはわけがある。

第一に彼女は非常に豪華な着物を着ていた。私もそこそこ高価な着物を着ていたので、彼女と一緒だと私はあまり目立たなく都合が良かった。

第二に、万単位の会費の茶会だと、茶会に出される道具も国宝から重要文化財、重要美術品までふんだんに出てくる。天平、平安、鎌倉、室町、桃山時代の道具は、伝来や名称、何々家旧蔵等、普通ではあまり知り得ない世界に踏み込む。

そういう茶会は、入場とともに受付で茶会記が渡されている。その茶会記に書かれていることは、この道に精通している者にしか理解出来ないような内容もあった。

知り合いが私を見つけると、すぐ近寄ってきて、必ず私に聞いてくる。

「先生、茶入の下に赤星家旧蔵ってありますけど、どういう家なんですか?」

私は面倒だなと思いながらも、自分の研修所の会員だと説明しないわけにいかない。

「この赤星家というのは、もとは薩摩藩の下級武士だったのですが、明治維新の折、武器商人となって巨万の富を築くのです。膨大な骨董、古美術を収集したといわれていますが、代替わりをした時にそれらは全部放出されて、今その古美術がこのような茶会に出てくるのです」

という具合になり、私はせっかくひとりで遊びにきているのに、教室の延長線上にいることになる。

しかし、私に連れがいると、誰も近寄ってこない。まあ、そんなこんなで、彼女とのつきあいは三十年近くになってしまった。

彼女とのつきあいの中で、話がある程度で収まっているうちはよかったが、彼女の話はどんどんエスカレートして、彼女の家庭内の話へと進んだ。

「夫はね、愛人がいて家に帰って来ないの」

「じゃ、生活費はどうなっているの？」

彼女はぽつぽつと話しだした。話したくないことは言わなかったのであろう。感情にまかせて言いつのる彼女の話は実に支離滅裂であったが、しかし私は彼女の吐露する一語一句を全て記憶していて、数年に亘る彼女の言葉を紡ぐと次のような物語になった。

彼女は京都の花街で生まれた。多分彼女の母親は芸妓をしていたようで、東京の商社の社長に囲われたらしい。京都の東山に茶室つきの家屋と屋敷を得た。彼女は高校を卒業すると、東京の父に呼び寄せられて東京に来た。父親が亡くなり、異母兄が社長となり、年頃になった彼女は、人の紹介で結婚し、夫は常務についた。

女児に恵まれたが、子どもが小学校に入った頃、夫には愛人が出来、家に帰って来なくなった。生活費は会社から直接彼女に渡されていたらしい。

その内、家に戻っては来たが、夫は毎夜銀座のクラブ通いに明け暮れた。その頃、日本はバブル時代に突入していて、クラブ遊びは会社の経費で賄われていた。

その当時の商社は、濡れ手に粟のような有り様で、彼女は夫から渡された札束を何も考えずに高額な和服に費やした。


彼女が私に見せた宝石は、どんな高級サラリーマンでも手に負えないような代物で、彼女の話によると、夜の八時頃、デパートの外商営業マンが宝石の入ったケースを持ってきて、夫と彼女の目の前でおもむろに蓋をあけ、ダイヤが周りを取りまいた何カラットもあるエメラルドやルビーやサファイアの指輪を見せ、

「さあどうぞ、お気に入りのものをお取りください」

と言った。

彼女は一個、四、五百万円はすると思われる指輪を次々と手に入れた。営業マンは言った。

「お支払いは会社の経費で落としておきます」

彼女は夜な夜な遊びまくる夫に、その代償として与えられる高価な着物や宝石を手に入れ、自己顕示欲を十分に満たしていた。


彼女とのつきあいが深まると、彼女は本性を剥き出してきた。

「この着物は二百万以上するのよ、人間国宝の誰々の作なの」

彼女の着物は確かに高額な分だけ格調はあったが、私が全て気に入るものでもなかった。

彼女は高額であることや権威のあるものを良しとした。

しかし私は高価であることや権威のあるものではなく、何よりも品位があり、質と感性の高いものを好んだ。

危うい彼女の思考に違和感を覚えながら、こんなことがいつまでも続くわけがないと思い、私は言った。

「そんなにご主人が毎日クラブ通いをしていたら、資金は続かないと思うわ。会社の経費で落とすとしても限度があるし……。貴女の土地や家が担保に入っていない？」

「そんなことないわよ。主人はそんなことしないわよ」

私はそんなことはないと思っていた。その当時銀座のクラブは、椅子に座っただけでも五万円が計上され、そのあとの飲み物、ママやホステスのドリンク代を含めると、一夜にして十万や二十万が泡のように消えた。

ある時、いつもの京料理の店に入って、ビールで乾杯した時、どういうわけか彼女は意気消沈していた。

「どうしたの？　何かあったの？」

「夫が家や土地を担保にして、銀行から三千万円の借り入れをしていたの」

私は思った、やっぱりそうだろうなあ。

「じゃ、どうするの？」

「今は主人が返済しているからいいけれど、返済出来なくなったら大変なことになるわ……」

私は心配が現実味を帯びてきたことに恐怖を覚えながら、

「そうなった時、貴女はどうするの？」

「……」

彼女は黙っていた。

そして案の定バブルがはじけた。次に会った時、彼女は言った。

「銀行の人がやってきて、返済が出来ないなら家を出て行ってくださいと言われたの」

「ご主人は何と言っているの？」

「『もう我々は家を出るしかない！』って言うの」

彼女は家の近くにマンションの一室を持っていて、そこに娘が住んでいると言っていた。

私は言った、

「それって、ご主人の罠よ、貴女の資産を全て奪うつもりよ。貴女は今の家はあきらめて、娘のマンションに行きなさいよ。そして夫とは離婚するのよ！」

しかし、彼女はそういう選択をしなかった。彼女は非常に見栄っ張りの強い人だった。妻という座を失いたくなかったのだろうか。いつも贅沢をして、高価な衣装や宝石を身につけ、私はこの上なく幸せだという女を演出し、それに満足していたのだろうか。

彼女は言った、

「貴女に助けて欲しいの、私はまず着物を処分するわ。貴女の教室で売ってくれない？」

「えっ？　でも私、着物なんか売ったことないし……」

「大丈夫よ、普通安い着物でも二、三十万はするでしょう？　私の着物は高価な物ばかりだから、二、三万で売れれば必ず売れるわ」

私も彼女の役に立つことはしてあげたかったけれど、茶道教室で着物を売るなんて……。

そして彼女は着物をどんどん運んできた。きっと百枚以上はあったろうか……。

教室が終わったあと、私が恐る恐る会員に着物を見せると、着物は飛ぶように売れた。


「貴女の着物、全部出しちゃうの？」

「ううん、高価な物は残すわよ。お香の稽古に行く着物とお茶会に行く着物は、それぞれ十二ヵ月分あればいいから……」

私は思った、着物をこんなに買う資金があったのなら、先のことを考えてなぜ預金しなかったのだろう？

「貴女はどうして、夫が愛人を作っていたのだったら、離婚することを考えなかったの？離婚後の生活を考えて預金しておけばよかったのに……」

「夫に裏切られたことのない貴女になんか、私の気持ちは分からないわよ！」

私はその時、全く返す言葉もなかった。そして本当に彼女の心の中を推し量ることも出来なかった。

彼女は夫にしがみついてさえいれば、一生なんとかなると考えていたらしい。しかし、現実はそうはならなかった。夫は彼女の資産を身ぐるみ奪い取るつもりだったのである。

夫が銀行から借り入れた三千万円を、着物や親から引き継いだ不動産を処分して、自宅と土地を抵当から外し、完全に彼女の名義になったが、夫は家から出ていかないし、年金も渡さなかったらしい。

「生活費はどうしているの？」

「京都の東山に、家、屋敷があって、今人に貸しているの。そこから家賃が入るから、それで生きていけるわ」

そういう状態であるにもかかわらず、私の前では派手な振る舞いをした。私はそれを不思議な面持ちで眺めていた。

「土地や家の権利書、銀行の通帳、印鑑、宝石は銀行の貸金庫に入れてあるけれど、私が亡くなったあと、貸金庫を開けられるのは娘だけだから大丈夫よ」

私は彼女の言葉に不安を感じていた。彼女の資産は彼女が亡くなれば、半分は自動的に夫のものになる。もう七十歳を超えているのだから、宝石など処分出来るものは処分して、現金にして娘に渡しておいた方がいいのでは……と。

しかし、彼女は言い切った。

「絶対に大丈夫よ、貸金庫は私と娘しか開けられないんだから」

彼女の絶対はことごとく裏目に出た。そして、彼女から電話が入った。

「今、病院なの。治療が落ち着いて家に帰ると、すぐ夫は、『家では面倒見られないから』と言って、私を病院に連れてくるの。私、どうしても気になることがあるからと、先生に言って家に帰ってきたの。貴女、どうなっていたと思う?」

そう言う彼女の声はか細く震え、

「家に帰ったら、私の物はなんにもないの。気に入っていた傘もバッグも服もないの。私は慌てて、貸金庫を見に行ったら、箱は空っぽで何もないの……」

「だから言ったじゃないの、全て夫に奪われるって!」

と言いたい言葉を呑み込んで、

「でも、貸金庫は貴女と娘さんしか開けられなかったのじゃなかったの?」

「夫が娘を脅して開けさせたのよ、私の物、何もないの……」

私は言葉を失った。彼女に何と言えばよいのだろうか……。涙があふれ流れた。

「私は八ヶ岳だし、もう私も年だし、とても東京まで出かけられないわ。何か貴女のために役に立つことが出来ればいいのだけど……」

「ああ――……」

彼女の長いため息のような悲痛な声は、もう自分は旅立つのだからという諦念のような響きは全くなく、自分の宝石がなくなったというからみつくような情念が、電波を通して伝わってきた。

そしてそれが、彼女との最後の会話となった。

彼女のことを思い出すたびに、どうして彼女はあんなに見栄を張ることにこだわったのだろうかと思った。

着物を着ていると、暑い時もあるから、必ず扇子を左帯にさしている。高級な扇子は上質な白檀に模様が透かし彫りされたもので、オペラやコンサートの時は使えるが、お香の教室には使えなかった。それは白檀の香りが他の香木の香りの邪魔になるからである。

ある日、お香の稽古が終わったあと、いつものように京料理の店に落ち着くと、彼女は扇子を広げて、

「今日は暑いわねェー」

と言ってあおぎだした。

なんとその扇子は全てが鼈甲(べっこう)で作られていた。

「あらっ！　その扇子、鼈甲で作られているの？　珍しいわね、私初めて見たわ」

彼女は得意気に、

「そうよ、鼈甲で作られているの。今はこういうものどこにも売っていないけれど、買えば百五十万は下らないわね」

そして、その日の彼女はとても上機嫌だった。とにかく彼女は誰もが持てない高価な物を持っていることに優越感を抱き、常に自分が最高であることに自己満足していた。

私はその彼女に女というものの、底知れない性(さが)を感じつつ、そんなことが人にとって、本当の幸せにつながるのだろうかと思っていた。

彼女は女としても妻としても幸せになれず、愛人を持ち、夜な夜なクラブ通いをする夫とひとつ屋根の下で暮らしている。自分自身の見栄や虚栄や生活のために離婚もせず、自分の資産が奪われていくことに抵抗もしない。

そんな彼女を支えていたのは、見栄を張ることだったのだ。そのことが彼女の心の空洞を埋め、心のやるせなさを紛らわせていたのか。

私は彼女がとても素敵な高価な着物を着ていた時には言った。

「今日のお着物、とっても素敵ね。上品だし、とても貴女に似合っているわよ」

「そうお？　私もこれ、すごく気に入っている一枚よ」

その時の彼女は満面に笑みをたたえ、幸せそのものだといわんばかりの表情をしていた。

百枚以上の着物を運んできて処分した時、

「ねぇ貴女、この着物だけは誰にも渡したくないの。貴女が買って！」

「でも、私は充分に着物を持っているから、別に要らないんだけど……」

「これは普通の着物と違うの、琳派の日本画家の人間国宝の人が描いたものなの。私が買った時は四百五十万だったわ、絶対に他の人に渡したくないの。お願いっ！　貴女が引き取って！」

「でも私、そんな高価な着物買えないわ……」

「安くするから、大丈夫よ！」

それは今まで見たことのないような非常に上質な結城紬の白生地に、着物全体に紅葉した楓が焦げ茶色を基調にびっしりと描かれたものであった。

「これは小紋のように見えるでしょう？　でも訪問着になっているの。この前身頃を見て？　紅葉の葉が大きくなっていて、色も紅い色が明るくなっているでしょう？　意図して描かれているのよ」

「でも、訪問着だったら、袋帯でないと駄目だし、いくら染物でも生地が結城紬だから、西陣の帯なんか合わないわ……」

しかし、彼女に頼むからと強く押しまくられ、仕方なく私は手許においた。

やはり、懸念したように、いくら人間国宝の作家が手描きした染めであっても、紬地では西陣の袋帯は華やかすぎてそぐわない。

結局私は、その着物に合う帯を見つけるまで、十年の歳月を待たなければならなかった。


今は彼女の形見になってしまったと思いながら、あんなに見栄を張らずにもっと違う生き方が出来なかったのかと、返す返すも無念でならない。もっと別の、崇高な精神の生き方を模索する選択肢はなかったのであろうか。夫婦の信頼関係が崩壊し、砂をかむような日々を過ごし、あんなにも心がボロボロになっていたというのに、離婚も選ばず、死ぬこともせず、生きて行かなければならなかったとは、なんというすさまじい彼女の営みだったんだろう。

しかし、その生き方が彼女の矜持だったとすれば、彼女の強靭な精神力に私など足もとにも及ばない。

それが、それが京の女（おんな）の生きざまというものであるというのであろうか……。

（完）

著者プロフィール

成井 歌子（なるい うたこ）

1945年、大阪府生まれ。
23歳で茶名「宗歌」を習得し、裏千家茶道准教授となる。
1978年、茶の湯の専門道場として総合茶道研修所「孤風庵」を主宰する。
2011年に閉会し、八ヶ岳南麓に移住。
以後、茶の湯以外の執筆活動を始める。

■著書（成井宗歌名義）
『やさしい茶の湯入門』（金園社 1986年）
『茶事・茶会 道具の取り合わせ』（婦人画報社 1996年）

■近著（成井歌子名義）
『八ヶ岳南麓物語』（峡北印刷 2019年）
『小説「盗まれた消息（手紙）」童話「黒猫のギャッピー」』（峡北印刷 2019年）
『長編小説「由良の門を」』（峡北印刷 2020年）
『私と「認知症」の夫と家猫三匹』（文芸社、2022年）
『小説「夕顔の君」』（峡北印刷 2023年）

息子、…そして息子

2023年11月15日　初版第1刷発行

著　者　成井 歌子
発行者　瓜谷 綱延
発行所　株式会社文芸社
〒160-0022　東京都新宿区新宿1－10－1
電話　03-5369-3060（代表）
03-5369-2299（販売）

印刷所　株式会社フクイン

ISBN978-4-286-24686-4